AF494241

29 NOVEMBRE 1899. 99 PN

CATALOGUE
D'ESTAMPES

DES

Écoles FRANÇAISE & ANGLAISE
du XVIIIe siècle

Pièces imprimées en noir
et en
couleurs

GOUACHE par **Corneille TROOST**

Dont la vente aux enchères publiques aura lieu

HOTEL DES COMMISSAIRES-PRISEURS, Rue Drouot, n° 9.

SALLE N° 8

LE MERCREDI 29 NOVEMBRE 1899

à 2 heures précises

PAR LE MINISTÈRE DE :

Me MAURICE DELESTRE. Commissaire-Priseur
5, Rue St-Georges.

Assisté de M. LOYS DELTEIL, artiste graveur, expert
67, Rue St-Anne.

PARIS 1899

CATALOGUE
D'ESTAMPES

DES

Écoles FRANÇAISE & ANGLAISE
du XVIIIe siècle

Pièces imprimées en noir
et en
couleurs

GOUACHE par **Corneille TROOST**

Dont la vente aux enchères publiques aura lieu

HOTEL DES COMMISSAIRES-PRISEURS, Rue Drouot, nº 9.

SALLE Nº 8

LE MERCREDI 29 NOVEMBRE 1899

à 2 heures précises

PAR LE MINISTÈRE DE :

Me MAURICE DELESTRE. Commissaire-Priseur
5, Rue St-Georges.

Assisté de M. LOYS DELTEIL, artiste graveur, expert
67, Rue St-Anne.

PARIS 1899

CONDITIONS DE LA VENTE

Elle sera faite au comptant.

Lee acquéreurs paieront *cinq pour cent* en sus des adjudications.

M. Loys Delteil, chargé de la vente, remplira les commissions que voudront bien lui confier les personnes ne pouvant y assister.

MM. les amateurs pourront visiter la collection, *67, Rue Ste-Anne, de 9 h. à 3 h., du Vendredi 24 au Mardi 28 inclus.*

DÉSIGNATION

ESTAMPES

Adresses et **Curiosités**

1 — *Lattré et son Épouse pour la Gravure des Plans... Rue St. Jacques... à la Ville de Bordeaux.* Jolie pièce gravée par P.P. Choffard. 1759. Très belle épreuve.

2 — *Le Sr Magny, Ingénieur pour l'Horlogerie... ainsi qu'en Mécanique,* par Ch. Eisen et Ingram. Très belle épreuve.

3 — *A l'Enfant Jésus, rue St. Honoré, Deslauriers, Marchand.... — Magasin d'Estampes.....* sous la raison de *Joubert* fils et *Ch. Bance. — Vaugeois rue des Arcis, Vend Tabatières d'Or. — A la petite Vertu, Guyot. — Achille Collas, Tourneur-Mécanicien, Manière-noire, Berçage à la Mécanique....* Cinq p. Belles épreuves.

4 — *Les Geais, chanson sur l'Air du Menuet d'Exaudet. Étrennes ou Adieux à Messieurs les Géais Armoriquains.. Bernés... le 16 X^bre 1774.* Vignette, avec dans le fond, la vue d'un monument de Rennes, et signée : *Andrea Momus invenit — Andrea Græcus Sculpsit.* Très belle épreuve. De toute rareté.

5 — Carte gastronomique de la France, par Tourcaty. — Découverte de la Vaccine, par Baltard. Deux pièces curieuses. Belles épreuves, la première coloriée.

Alken (d'après H.)

6 — *Bear Baitung,* par J. Clark. In-4. Très belle ép., coloriée.

Auvray (Elie)

7 — Caroline de Lichtfield, 1788. Pièce in-fol., de forme ronde. Très belle épreuve, marges.

Ballons (Estampes sur les)

8 — *1er Voyage Aérien... dans le Jardin de la Muette, sous la direction de Mr Montgolfier.....* 1783. — Etienne et Joseph Montgolfier. — *Blanchards 28te Farth zu Nurnberg den 12 November Ao 1787.* Trois p., in-8 et in-4 par Nic. et Rob. De Launay, et par A. W. Kustner. Très belles épreuves.

Bartolozzi (F.)

9 — *Adelaïde first seen in the Gardens of Bagnères,* d'après H. Bunbury, 1785. In-fol., de forme ronde. Très belle épreuve imp., en bistre, marges.

10 — La Fleur, Amiens, d'après W. Harding, 1787. In-fol. de forme ronde. Très belle épreuve impr. en bistre, marges.

11 — *Dancing Nymph,* d'apr. Angelica Kauffman, 1784. Ovale in-4. Superbe épreuve impr. en sanguine, marges.

12 — Pâris et Hélène — Enlèvement d'Hélène — Têtes d'Enfants. Quatre pièces d'après Angélica Kauffman et Cipriani, les deux 1ères, ovales impr. en sanguine, sans marges.

Baudouin (d'après P. A.)

13 — L'Amour à l'épreuve, par Beauvarlet (E.B.5.) Bonne épreuve, découverte. Rognée.

14 — Le Curieux, par P. Maleuvre (E.B. 17). Très belle épreuve du 4e état, avant le mot *déposé*, marges.

15 — Le Désir amoureux, par Mixelle (E.B. 19). Ovale petit en-fol. Belle et rare épreuve du 1er état avant que les têtes des deux amants n'aient été remplacées par des colombes; impr., en couleurs, remmargée.

16 — L'Épouse indiscrète, par N. De Launay (E.B.21) Belle épreuve.

17 — Marchez tout doux, parlez tout bas, par P.P. Choffard (E.B.30). Belle épreuve.

18 — Le Matin, par E. de Ghendt (E.B.32). Belle épr., du 2e état, avant les retouches.

19 — La Nuit, par E. de Ghendt (E.B.35). Très belle et rare épreuve avant toutes lettres, la tablette blanche, petites marges.

20 — Rose et Colas, par J.B. Simonet (E.B.42). Très belle épreuve.

21 — La Sentinelle en défaut, par N. De Launay (E.B.44) Très belle épreuve.

22 — Le Soir, par E. de Ghendt (E.B.46). Très belle ép. à grandes marges.

Benazech (d'après C.)

23 — La Séparation de Louis Seize de sa Famille, par A. Cardon, 1794. In-fol. Superbe épreuve, marges.

Boffrand et **Blondel**

24 — *Description de ce qui a été pratiqué pour fondre en bronze d'un seul jet, la figure équestre de Louis XIV, élevée.. place de Louis le Grand. 1699* — 1 vol. in-fol., contenant 1 En-tête de page, et 19 planches. (manque la 1ère pièce). — Paris, G. Cavellier 1743. Bel exempl., cart.

Boilly (d'après L.)

25 — L'Amant favorisé — La Comparaison des petits Pieds. Deux p., in-fol par Alex. Chaponnier. Très belles épr., marges, la 1ère avec l'adresse de l'auteur.

26 — La Douce Impression de l'Harmonie — Suite de la Douce Impression de l'Harmonie. Deux pièces faisant pendants, par F.J. Wolff. Très belles épreuves impr., en couleurs, avec la 1ère adresse, marges.

27 — L'Amant Musicien, par J.P. Levilly. In-fol. Très belle épreuve impr., en couleurs, marges.

Boilly (d'après L.)

28 — Nous étions Deux, nous voila Trois, par G. Vidal In-fol. Très belle épreuve sans marges sur trois côtés.

29 — On la tire Aujourd'hui, par S. Tresca. In-fol. Très belle épr., avec la 1ère adresse, marges.

30 — *Ça ira*, par Mathias. In-fol. Très belle épr., sans marges. On y a joint : *Les Cinq Sens* et *Le Tireur de cartes*, lithographies originales, coloriées. En tout trois pièces.

Boites-Tabatières (Dessus de)

31 — Vénus servie par les Grâces. — Les deux Amants Deux petites p., anonymes. Très belles épr., la seconde en couleurs, impr., sur soie.

Bonnefoy (J.)

32 — La Rose prise. — La Pêche aux Cœurs. — L'Amour fait danser les Grâces. — L'Amour sortant d'un pucelage, etc. Dix-huit pièces rondes. Très belle épreuves à toutes marges.

Bonnet (L. M.)

33 — Vénus caressée par l'Amour, d'apr., F. Boucher. Très belle épreuve, impr., en trois tons.

34 — Le Marchand d'Orviétan de campagne, d'après Ph. Caresme. Très belle épreuve imp., en couleurs, marges.

35 — Tête de Jeune Femme *dessinée avec les crayons de couleur du Sieur Nadeau* .. d'ap., J.B. Huet. Ovale in-4. Très belle épreuve impr,, en couleurs, marges.

36 — Sujets gracieux. Deux petites pièces de forme ovale. Belles épreuves impr., en couleurs, cassures.

Bonnet et **Demarteau**

37 — Femme nue aux colombes. — Baigneuse. — Jeune Bergère tenant une houlette. — Jeune fille au bain. — Motifs de Chasse, etc. Neuf pièces in-8 et in-4 d'après Boucher, Huet et Leprince. Très belles épreuves impr., en sanguine, deux sur papier bleu avec rehauts de blancs

Boucher (François)

38 — Bouquetière assise (P. de B. 12), In-4. Très belle épr.

Boucher (d'après F.)

39 — Portrait de l'Artiste, par Carmona, 1761. — L'Air — La Balançoire. — Les Pêcheurs. — Le Retour de Chasse. — Flore ou le Doux loisir. — Le Train de la vie. — Baigneuses. — Tour près de Blois, etc. Douze pièces par Huquier, Duflos, Chedel. Belles épreuves.

Byron (d'après F.G.)

40 — *A Visit to the Conuent at Amiens*, par Lewis. 1803 In-fol. Belle épreuve en couleurs. Rare.

Challe (d'après M.A.)

41 — *The officious Waiting Woman*, par Alex. Chaponnier. In.fol. Très belle épreuve, marges.

Chevaux (d'après)

42 — Les Deurs Sœurs, par Motey. In-4. Très belle épreuve impr., en couleurs, marges. Rare.

Cipriani (d'après J.B.)

43 — *Angelica and Medora*, par F. Bartolozzi, 1787. Très belle épreuve impr. en bistre, grandes marges.

44 — Zemire. Pièce ovale petit in-fol., par H. Sintzenich, 1781. Très belle épreuve impr., en couleurs, marges.

Clarck et **Dubourg**

45 — *Vue panoramique des Courses aux Chevaux Anglaises sur la Plaine de Doncaster.... l'année 1812*, 2e planche. Belle epreuve coloriée une déchirure dans le haut. On y a joint cinq pièces par Darcis d'apr. C. Vernet : *Le Cheval bouchonné, le Départ au Galop, La Barrière franchie, le Cavalier démonté, le Galop,* En tout six pièces.

Cochin fils (Charles-Nicolas)

46 — *Bal Paré à Versailles Pour le Mariage de Monseigneur le Dauphin...* 1745. In-8. Très belle épreuve

47 — *Bal paré à Versailles pour le*(second)*Mariage de Monseigneur le Dauphin.. 1747.* In-7. Très belle épr.

48 — Caylus (Cte de). — Chardin (J.B.S.). — Coustou (Guil.) — Lemoine fils (J.B.) — Mariette (P.J.) — Pierre (J.B.M.) — Restout (J.). Sept p., par Cochin fils, St Aubin, Dupuis et Cars. Très belles épreuves, cinq à grandes marges.

Coiffures (Estampes sur les)

49 — Coiffures de Femmes, du règne de Henri IV a celui de Louis XV, suite de 12 petites pièces reliées en 1 vol., in-18, mar. rouge, dent, int, filets d'or sur les plats.

Colinet

50 — Caroline de Lichtfield, assise sur un banc de gazon. In-fol. Belle épreuve impr., en couleurs, et dédiée à la Comtesse de Boufflers

Collet (d'après John.)

51 — *Miss Tipapin going for all nine,* 1779. In-fol. Très belle épreuve, coloriée. Rare.

Danloux (d'après)

52 — Ah ! si je tenais... — Je t'en ratisse. Deux p. faisant pendants, par Beljambe. On y a joint deux variantes. En tout quatre pièces. Belles épreuves.

Debucourt (P.L.)

53 — Pauvre Annette. In-fol. Belle épreuve, impr. en couleurs, les marges abimées. Trés rare.

54 — L'Invocation à l'Amour. In-4 Très belle épr., impr. en couleurs, marges.

55 — Route de Poste, d'apr. C. Vernet. In-fol. Très belle épr., coloriée, grandes marges.

56 — La Toilette d'un Clerc de Procureur. — Anglais en habit habillé. — Promenade Anglaise. — Le Chiffonnier. Quatre p., d'après C. Vernet. Belles épreuves, coloriées.

De Machy (P.A.)

57 — Vues des Environs de Rome. Deux p., ovales in-fol., d'après P. Perney. Trés belles épreuves impr., en couleurs, marges.

Demarteau (Gilles)

58 — Amour embrassant une Bergère. — Bergère et Amour endormis. — Amour quittant une Bergère. Trois p,. in-4 d'après J.B. Huet. Très belles épr., impr., en couleurs, sans marges.

59 — Tête de Jeune Fille. — Tête de Femme âgée. — Tête de Vieillard. Trois pièces, d'après F. Boucher, impr. en bistre et sanguine.

Desrais (d'après C.L.)

60 — Scène Galante. In-4. Belle épreuve, coloriée, sans marges.

Doublet (d'après)

61 — Ariette de Rosette et Colas. — Quatuor de Lucile. Deux pièces faisant pendants, par J.N. Boillet. Très belles épr., impr. en sanguine, grandes marges.

Downman (d'après J.)

62 — *The Philosopher Square, discover'd* **Tom-Jones**... — *The Interview of Tom Jones*.. Deux p. in-fol., faisant pendants par P. Simon, 1789. Superbes épreuves impr.. en bistre, marges.

Dutailly (d'après)

63 — On doit à sa Patrie le sacrifice de ses plus chères affections, par Coqueret. In-fol. Belle épr., impr., en couleurs, marges.

École Française

64 — Le Curieux. — La Crainte. — Le Midi. — La joyeuse orgie. — La Laveuse. Cinq p. in-fol. d'ap. Baudouin, Le Prince, Greuze et Caresme, par Maleuvre, De Ghendt, Hemery, Danzel et Le Mire, Bonnes épreuves.

65 — Le Petit donneur d'avis. — Les Gentilles Baigneuses. — Le Gâteau des Roys. — La Femme commode. — Sujets gracieux. Six pièces par J.P. LeBas, P.F. Tardieu, Moitte, et anonymes d'après Lancret, Canot, Eisen etc. Très belles épreuves, une avant toutes lettres.

66 — Henri IV. — Louis XV et Henri IV. — Louis XV. — Marie-Antoinette. — Allégories en l'honneur de Louis XV et Louis XVI. — Provence (Cte de). Huit p., in-8 et in-12 par Gaucher. LeMire, Choffard, Lempereur, Moreau le jeune. Belles épreuves, plusieurs avant le texte au verso

67 — Le Calendrier desVieillards. — Inutile précaution.— Chacun son tour. — Mademoiselle Raucour.dans Médée. — Cardinal Fleury. — Titon du Tillet. Huit pièces par Dambrun, Malapeau, Debucourt etc., d'après H. Fragonard, C. Vernet et autres, deux coloriées.

68 — Louis XV. — Henri IV. — Artois (M. Thérèse, Ctesse d'). — Madame Clotilde Xavier, Sœur du Dauphin. — Stuart (Ch. Édouard). — Prault (L.F.). — Louis XVI. — Gustave III. — Galles (P[cesse] Charlotte de). — Le Kain. Onze portraits par Le Beau, St-Aubin, Le Mire, Prévost, Basan. Belles épreuves, deux avant la lettre.

69 — Sujets de Tabatières. — Le Fils puni. — Le Bain. — Têtes de Femmes, etc. Treize pièces in-8 et in-4 par ou d'après Pater, Moreau le jeune, Pierre, Amand, Frago nard, etc. Belles épreuves.

70 — L'Amour frivole. — Les Jets d'eau. — Les Rémois, — Le Baiser à la Capucine. — Les Nymphes surprises. — Jupiter et Lo. — Jupiter et Léda. — Le Bal Masqué. Quinze pièces, d'après Boucher, Fragonard, Moreau-Monnet, Lancret, par Auvray, Beauvarlet, Ryland, Vidal. Demarteau, Schencker et autres.

Eisen (Charles)

71 — Adresse du Sr Magny (P. de B. 9). Superbe épreuve à toutes marges.

72 — Les Trois Grâces, fontaine. In-4. Tres belle épreuve à toutes marges, d'une pièce *non décrite*, par P. de B.

Eisen (d'après Charles)

73 — Le Jour. — La Nuit. Deux pièces in-fol., faisant pendants, par Patas. Superbes épreuves à toutes marges.

74 — La Vertu sous la garde de la Fidélité. — Les Désirs satisfaits. Deux pièces faisant pendants, par Le Beau et Patas. Belles épreuves.

Éventail

75 — *Voyage historique du Globe enlevé aux Thuileries,* le 1er Déc. 1783, curieuse image populaire de l'époque, avec au verso une chanson, et montée en éventail, en bois d'ébène.

Ex-Libris

76 — Ex-Libris, intérieurs de bibliothèques. F.N.E. Droz (*Micaud fe.*) — J. Chastenet (*Durig à Lille*) — Stourbridge Library, 1790 (*Howe fc.*[t]) — Anonyme. Quatre pièces. Belles épreuves.

77 — Thomas Gueulette (*H. Becat inv.*) — de Champcenetz. — Jordan, Président. — J.C. Seyringer (*Ja : de lespier fc.*) — Bibliothecae Electoralis Monacensis. (*C. Wink deq. J. Mich. Sokler fc. 1779*). Cinq p. Belles epreuves.

77 bis — Rousseau—Delaunois. — D.F. Secousse. — Cte de Borch. — Rieu. — J,T. Aubry (*Martinet del fec.*) — P.P. Cannac. — Desligneris. — J. C. Seyringe, 1692. etc. Vingt pièces.

78 — S. Malfait (*Durig à Lille.*)— Peteau (Alex.)— D. Caracciolo. — Comte de Serans. — Lejourdan. — Destigneris. — Louis de Varennes. — Thiry. — C. Neyrat — T.G.L. de Roncherolles. — J. Solier. — Mise de Montesson. — Mis de Malespina, etc. Trente pièces.

78 bis — Rieu. — Nicolay. — Rousseau-Delaunois. — Michau de Montaran. — Von Buggenhagen. — J.F. Muckey — D'Hennery — Blondel — Th. Lauth — J. Merlet. G. Deglatigny — De Bospin. — Deu, etc. Vingt pièces.

78 ter — Will. Plincke. — D.F. Secousse. — Bronod. — H. Petit. — Nicolay. — J.B. l'Ecuy. — D. Margue. — J.J. Oberhueber. — De la Tournelle. — Daymar. — — Lesage, etc. Vingt pièces.

Ficquet (Étienne)

79 — Chénnevières (F.31), avec la faute — La Fontaine (J. de d'apr. Rigaud (F.61), 2e état, au *Ruisseau blanc.* Deux pièces. Très belles épreuves, marge.

80 — Corneille (Pierre). — La Mothe Le Vayer. — Fagon — J.B. Silva. — P. Mignard. — Voltaire. Sept p., y compris un double avant les noms des artistes. Belles épreuves.

Ficquet, Grateloup, Romanet

81 — Crébillon. — J.B. Rousseau. — La Mothe Le Vayer. — John Driden. — Julie de Villeneuve, petite-fille de Mme de Sévigné. Six pièces, deux en très belles épreuves.

Fragonard (d'après H.)

82 — Le Baiser amoureux, par Marchand. In-fol. Belle épreuve, avec l'adresse : *rue Mazarine*

83 — La Gimblette, par Bertony. In-fol. Belle épr. doublée.

84 — Le Pot au lait, par N. Ponce. Belle épreuve marges.

85 — .... *Spirat adhuc Amor*.. Charmante petite pièce par le comte de Paroy. Très belle épr., impr. en bistre, marges.

86 — Le Verrou, par Blot. In-fol. Très belle épreuve.

87 — Le Petit montreur d'Ours. — Une Villa. Deux p., par l'abbé de Saint-Non, impr., sue la même feuille, à toutes marges.

Freudeberg (d'après S.)

88 — La Toilette, par Voyez l'aîné, 1774. In-fol. Belle épr.

Gaucher (Charles-Étienne)

89 — Du Barry (Mme la Ctesse), d'après Drouais. In-8. Belle épreuve avant l'adresse de Bligny.

GOUACHE

Troost (Corneille)

90 — Fête asiatique ? Sous un dais monté en plein vent un monarque d'Asie est assis, entouré de divers personnages dont deux exécutent une danse; sur la gauche plusieurs femmes assises, en costume européen. Belle gouache signée : **C. TROOST INV. F.**

L. 280 millim. ; H. 180.

Harman (T.) et Dickinson (W.)

91 — *The return Banquet.* — Paysanne de la Maurienne, d'ap. H. Bunbury. Deux pièces en couleurs. Belles epreuves, la première, rare.

Hoin (d'après C.)

92 — Le Prélude Amoureux. — L'Écueil de la Sagesse. Deux p., faisant pendants, par De Monchy. Belles épr.

Hoppner (d,après J.)

93 — *George Earl of Essex*, par Ch. Turner. In-fol. Très belle épreuve.

Huet (d,après J.B.)

94 — *The Balance.* — *The Sump.* Deux pièces faisant pendants, par L. Bonnet. 1787. Très belles et rares épreuves avant les nos, impr., en couleurs, marges.

95 — *The Soft egg in the shell*, par Legrand, 1787. (Dnarget). Ovale in-4. Très belle épr., en couleurs, grandes marges.

96 — L'Architecture, par Mallet. In-4. Très belle épreuve impr. en couleurs, marges.

Jacobé (J.)

97 — *Prise du Cerf au clair de lune et des flambeaux* d'apr. F. Casanova, 1788. In-fol. Belle épreuve, petites déchirures.

Janinet (J.F.)

98 — Les Trois Grâces, d'après Pellegrini. In-fol. Superbe épr., impr., en couleurs, avant la lettre et avant la guirlande de roses, toutes marges.

98bis — La même estampe. Très belle épreuve du même état.

99 — La même estampe. Belle épreuve impr., en couleurs, avec la lettre.

100 — La Naissance de Mgr le Dauphin, pièce allégorique avec le médaillon de Louis XVI, 1781 (P. et B. 110). In-4. Très belle épreuve, grandes marges. Rare.

100 bis — Trait de courage de Catherine Vassent. In-4. Belle épr., impr., en couleurs, marges.

101 — Vestris (Mme), rôle de Gabrielle de Vergy — dans Polyeucte — Mlle Contal, dans Mme de Randon — J.-B. Brisard, rôle du viel Horace — Clairval — St-Fal — Bonneval — F. R. Molé. rôle du Misanthrope — Préville rôle de Crispin — Caillot, dans Tom Jones — De La Rive, etc. Vingt-sept pièces in-8. Belles épreuves impr,, en couleurs, marges.

Jazet (J. P. M.)

102 — L'Automne, d'après Martinet. In-fol. Belle épreuve impr., en couleurs.

Jeux (Estampes sur les)

103 — Le nouveau et plaisant Jeu de la Chouette. (*A. Lyon chez J. L. Daudet*) — Jeu de l'Oie, jeu de grand plaisir (*A Paris, chez Basset*). Deux pièces. Très belles épr., coloriées. Rares.

104 — Jeu de Cartes du XVIIIe siècle. publié par Bernardin Suzanne, rue Vacon, Marseille. Soixante-dix cartes coloriées, en bon état de conservation. Fort rare.

Kauffmann (d'après Angelica)

105 — *Sincerity*, par F. Bartolozzi, 1781 — *Leonara*, par Chas White. 1778. Deux petites pièces ovales. Très belles épr., impr. en sanguine, une légèrement rayée.

106 — *Cupid and Euphrosine* par Challiou, 1784. — *A Lady in a Turkish Dress*, par W. Ryland, 1775. Deux pièces ovales. Belles épreuves, la seconde impr. en couleurs.

Lavreince (d'après Nicolas)

107 — La Balançoire mystérieuse. — Les Nymphes scrupuleuses. Deux p. faisant pendants par Vidal (E.B. 9 et 42). Belles épreuves à grandes marges.

108 — Le Billet doux — Qu'en dit l'Abbé ? Deux pièces se faisant pendants, gravées par N. De Launay (E. B. 10 et 51). Très belles et très rares épreuves avant la lettre : le *Billet doux* a seulement les noms des artistes gravés au burin et le titre tracé à la pointe dans un nuage. — le *Qu'en dit l'Abbé* est avec le titre, mais avant la dédicace, l'adresse, etc. Marges.

109 — Les mêmes estampes. Superbes épreuves, sans marges.

110 — Le Directeur des toilettes, par Voyez l'aîné (E.B 21) Belle épreuve.

111 — L'Innocence en danger, par Caquet (E. B. 31). Bonne épreuve.

112 — Le Mercure de France, par Guttenberg, (E. B. 38). Très belle épreuve avec la 1re adresse, celle de Vidal.

113 — Nina (Mme Dugazon), par Colinet (E.B. 41). Belle épreuve impr., en deux tons.

114 — Le Printemps (E.B. 49) — L'Été (24) — L'Hiver (29) Trois pièces anonymes de forme ovale, belles épreuves impr., en couleurs, les marges coupées en ovale.

115 — Le Repentir tardif, par Le Villain (E. B. 52). Belle épreuve avant toutes lettres, les noms des artistes à la pointe, grandes marges.

116 — Les Sabots, par J. Couché (E.B. 57). Belle épreuve, avant l'adresse de Tessari.

Le Bel (d'après E.)

117 — Le Coup de Vent, par Abr. Girardet, 1785. Très belle épreuve.

Le Cœur

118 — Bal de la Bastille. *Ici l'on danse*, d'apr. Swebac-Desfontaines. In-fol. Belle épreuves impr., en couleurs, légères restaurations.

Le Peintre (d'après)

119 — Le Duc de Chartres, son Épouse et ses Enfants, par Aug. de Saint-Aubin et Helmann. 1779 (E. B. 277). In-fol. Très belle epreuve avant l'adresse des graveurs, marges.

Le Prince, Saint-Non et Huet

120 — Les Œufs cassés — Les deux Bergères — La Servante — Le Page — L'art de plaire — Le Vieux Puits — Paysages — Ornements. Dix-sept eaux-fortes et lavis. Très belles épreuves, plusieurs impr. en bistre, une avant toutes lettres, en épreuve d'essai.

Levachez (attribué à)

121 — *Soirée du 30 Juin 1789, Dédié à l'Assemblée du Palais-Royal*. Grand in-4. Belle épreuve d'une pièce très rare.

Monnet (d'après C.)

122 — Les Vœux du Peuple confirmés par la Religion, p., in-fol., par Masquelier 1776. Belle et rare épreuve à l'état d'eau-forte pure.

Moreau le jeune (Jean-Michel)

123 — Petite vue de la cathédrale d'Orléans, pour le *Bréviaire d'Orléans* (E.B. 855). Superbe épreuve à toutes marges.

124 — Fêtes données au Roi et à la Reine à l'occasion de la naissance du Dauphin : arrivée de Marie-Antoinette à l'Hôtel-de-Ville. Belle épreuve avant la lettre, marges. Rare.

125 — Ouverture des Etats-Généraux, 5 mai 1789 — Constitution de l'Assemblée Nationale, 17 juin 1789. Deux pièces in-fol.

Moreau le jeune (d'après J.-M.)

126 — Exemple d'Humanité donné par Madame la Dauphine (Marie-Antoinette) le 16 octobre 1773, par F. Godefroy. Superbe épreuve à toutes marges.

127 — Les Vœux accomplis par J. B. Simonet, 1783. (C[sse] d'Artois). In-fol. On y a joint un portrait de Marie-Antoinette, par Dupin. Bonnes épreuves.

128 — Le Coup de vent, *groupe tiré du superbe Dessin de M. Moreau le jeune, représentant la Revue du Roi à la plaine des Sablons,* par G. Malbeste. Superbe épr. avec le texte, à toutes marges. Très rare.

129 — Déclaration de la Grossesse, par P.A. Martini, 1776 Très belle épreuve avec les lettres : A.P.D.R.

130 — Les Précautions, par P.A. Martini, 1777. Très belle épreuve sans marges

131 — N'ayez pas peur ma bonne Amie, par Helman, 1776 Très belle épreuve avec les lettres : A.P.D.R.

132 — La Rencontre au Bois de Boulogne, par H. Guttenberg. Belle épreuve avant la lettre, grandes marges. Collection Béhague.

133 — La petite Toilette, par P.A. Martini. Belle épreuve, grandes marges.

134 — La Course des Chevaux. par H. Guttenberg. Belle épreuve, marges.

135 — Réception de Mirabeau par Franklin aux Champs-Elysées, par Masquelier, 1792. — Grand Titre pour le Voyage de *La Pérouse*, par Ph. Trière. Deux pièces. In-fol. Très belles épreuves, avant la lettre, la première non terminée.

Morland (d'après G,)

136 — *A Visit to the child at nurse*, par W. Ward, 1788 In-fol. Très belle épreuve.

137 — Séduction, par J. Young. In-fol. Très belle épreuve. Rare.

138 — *Boys robbing an Orchard — Boys Skating — Boys Bathring*. Trois pièces in-fol., par Ant. Suntach, 1793. Belles épreuves, marges.

Mouchet (d'après F.)

139 — L'Illusion. Pièce de forme ovale. Très belle épreuve à grandes marges.

Nattier (d'après J. M.)

140 — Marie Leczinska, par J. Tardieu, 1755 (D. 2310). In-fol. Très belle épreuve.

Ostervald (à Paris chez)

141 — *Une heure avant le Concert ou les Musiciens à table — Une heure de retard pour le Concert ou les Musiciens en route par une averse*. Deux pièces satyriques sur Mme Luchamp et Garat. Très belles épreuves coloriées.

Pater (J. B.) et **Scheneau** (J. E.)

142 — Le Concert amoureux, par Fillœul, 1739 — *Moletrina Fallax*, par Schwab, 1765. Deux pièces. In-fol. Très belles épreuves, marges.

Peters (d'après W.)

143 — Lady Mary Catherine Bertie, par J. Dixon, 1767. Bonne épreuve, doublée.

144 — *Lydia*, par W. Dickinson, 1779. Réduction ovale, in-4. Très belle épreuve impr. en sanguine, marges.

145 — *Of such is the Kingdom of God*, par W. Dickinson 1784. In-fol. Très belle épreuve, les armoiries abimées, marges.

Porporati (Ch. Ant.)

146 — Suzanne au bain. — Le Coucher. Deux p., in-fol.. d'après Santerre et J. Vanloo. Très belles épreuves.

Regnault (N. F.)

147 — Le Matin. In-fol. Belle épreuve, marges.

Révolution (Estampes sur la)

148 — Mirabeau, Bailly, La Fayette, Marat, Necker...... huit minuscules portraits sur un fond d'assignats. Petite pièce ronde. Très belle epreuve en couleurs. Rare.

149 — Le Triomphe de la République. — Le Triomphe de la Révolution. Deux pièces gr. in-fol. par P.M. Alix. Très belles épr., impr. en couleurs, avant la lettre. Très rares

150 — *Massacre of the French King !* — Anecdote du Jour — Siège du Château des Tuileries. 10 août 1792 — Retour des Aristocrates de la course de Londres — Déclaration des Droits de l'Homme — Médaille allégorique dédiée au Consulat — Prise de la Bastille, etc. Trente-deux pièces. Très belles épreuves, plusieurs très rares, quelqnes-unes coloriées.

151 — La Constitution — Les embarras de la rue St-Honoré Le Règne de Vingt ans — Retour de deux émigrans — Prise d'assaut du Fort de la Révolution — Les Ministres Anglais fiers d'avoir rompu leurs traités...— Caricatures anglaises, par Gillray, etc., Soixante pièces in-4 et in-fol., coloriées. Très belles épreuves, plusieurs très rares.

Reynolds (d'après Sir Joshua)

152 — *The Honorable Miss Bingham*, par Le Grand Furcy, 1787. In-4. Belle épreuve impr., en couleurs et coloriée, marges.

153 — Lady Selina Hastings, par C. Spooner. In-fol. Très belle épreuve, petites marges.

154 — *The Children in the Wood*, par J. Caldwall, 1793 In-fol. Très belle épreuve à toutes marges. Rare.

155 — L'Enfant à l'oiseau et au chien, par S.W. Reynolds. In-8. Superbe et très rare épreuve avant toutes lettres, à grandes marges.

Rowlandson

156 — *Reconciliation or the Return from Scotland*, 1793. In-fol. Très belle épreuve, coloriée. Rare.

Rowlandson (d'après)

157 — *Place de Mier at Antwerp*, par Wright et Schutz, 1816. In-fol. Superbe épr., impr., en couleurs, toutes marges. Rare.

Russell (d'après J.)

158 — *Betsy in Trouble* — *The Dogs first sight of himself*, 1798. Deux pièces in-fol., faisant pendants. par Schiavonetti le jeune et Bonnefoy. Très belles épr., impr., en bistre et sanguine et coloriées.

Saint-Aubin (Augustin de)

159 — Louise Emilie Baronne de B··· (E. B 7). Superbe épr., avec la 1re adresse, celle de la rue des Mathurins, marges.

160 — Louise Emilie, baronne de ··· — Adrienne Sophie, marquise de ··· Deux pièces faisant pendants. Belles épreuves de la *reproduction* marges.

Saint-Aubin (d'après Aug. de)

161 — Le Concert, par A. J. Duclos (E. B. 403). Bonne épreuve, doublée.

162 — La Promenade des Remparts de Paris, par P. F. Courtois (E.B. 382). Belle épreuve.

163 — *The First come best served (le Premier arrivé est le mieux servi)*, par A. Sergent (E.B. 404). Très belle épreuve, impr., en couleurs, remargée.

Saint-Aubin (G. de) et **Boucher** (F.)

164 — La Comparaison du bouton de rose — L'attention dangereuse. Deux pièces faisant pendants, par Dennel. la première avant toutes lettres.

Scotti (Luigui)

165 — Dusseck, Giardini, Clementi, Manfredi, etc. — Gluck, Bach, Cimarosa, Rameau, Sala, etc., Soixante-dix-neuf petits portraits, médaillons de compositeurs, accolés contre une roche, en deux estampes, in-fol., se faisant pendants. Belles épreuves, marges.

Singleton (d'après H.)

166 — *The Market Girl — The Wandering Sailor.* Deux pièces in-fol., faisant pendants. par G. C. Street, 1798. Très belles épreuves, marges.

Smith (J. R.)

167 — *A Maid - Une Pucelle*, 1791. In-fol. Très belle épreuve, marges.

Smith (d'après J. R.)

168 — *Thoughts on Matrimony*, par Boillet. Pièce in-4 de forme ovale. Très belle épreuve impr., en couleurs, marges.

169 — *Credulous Lady and Astrologer*, par Maucler, ovale in-fol. Très belle épreuve, grandes marges.

Stothard (d'après Th.)

170 — *The sailors Return*, par W. Ward, 1798. In-fol. Belle épreuve avec marges.

171 — La Leçon de lecture (*A Paris chez Jazet*). In-fol. Très belle épr., coloriée, marges,

Strange (R.), **Audouin** (P.), **Schultze** (C.G.)

172 — Jupiter et Antiope, d'après le Corrège — Danaé, d'après Titien — Hercule et Déjanire, d'après Rubens. Trois pièces. Très belles épreuves, la dernière avant la lettre.

Tardieu (Alexandre)

173 — Portrait en pied de Marie-Antoinette, d'après F. Dumont. In-fol. Très belle épreuve, marges.

Taunay (d'après)

174 — Noce de Village, par Descourtis. Belle épreuve, impr. en couleurs, avec l'adresse du graveur, marges.

175 — La Rixe, par Descourtis. In-fol. Belle épreuve, impr. en couleurs, avec l'adresse du graveur, marges.

Troy (François de)

176 — L'Histoire d'Esther, par J. F. Beauvarlet. Six pièces in-fol. Superbes épreuves avec marges, deux avant toutes lettres.

Valperga (L.)

177 — La Correction conjugale, d'après A.E.G. In-fol. Très belle épreuve, avant toutes lettres, marges.

Vernet (d'après Carle)

178 — Portrait équestre de Napoléon 1er par Levachez. Petit in-fol. Belle épreuve sans marges.

Victoire (d'après E.)

179 — Le Pauvre jeune Homme par Mme E. Lingée. Très belle épr., impr. en bistre.

Vignettes

180 — Vignettes pour l'Iconologie — En-têtes de pages. Trente-une pièces, d'aprés Cochin fils, par Gaucher, Prevost, Ponce, Aliamet, la plupart avant la lettre.

181 — Titres frontispices pour les *Baisers, Régulus, etc.*, deux avant toutes lettres — Tombeau de J.-J. Rousseau par N. Ponce — Vignettes diverses, d'après Cochin, Eisen. Marillier, Moreau le jeune, Gravelot, Boucher. Cinquante pièces. Belles épreuves.

182 — Vignettes diverses du XVIIIe siècle : *Etrennes galantes*, 8 pl., avant la lettre. -- *Félicia*, 4 pl. — Chanson de La Borde, 2 pl. avant la lettre — En tête de la *Jérusalem délivrée.* — Annette et Lubin, 5 pl. de Queverdo et Martinet, etc. Quatre-vingt-quinze vignettes en-têtes et fleurons, la plupart avant la lettre. Ce numéro pourra être divisé.

Watteau (Antoine)

183 — Recrue allant joindre le Régiment (E. de G. 2-3 état). Très belle épreuve, marges.

Watteau (d'après Ant.)

184 — Le Bain rustique, par Ant. Cardon (E. de G. 110). Très belle épreuve, marges.

185 — Promenade sur les Remparts. par Aubert. In-fol. (E, de G. 157). Très belle épreuve.

186 — La Sérénade italienne, par G. Scotin (E. de G. 165). Superbe épreuve, marges.

187 — Le Colin Maillard (E. de G. 187) — Pantalon (401) Mezzetin (482), Trois pièces in-fol. Très belles épreuves, la première avec une restauration.

188 — Bacchus — Le Frileux (E. de G. 238-239) — Les Jardins de Cythère — Les Jardins de Bacchus (304-305). Quatre pièces, par Huquier, Aveline et Moyreau Très belles épreuves.

189 — La Pélerine, arabesque. — Arlequin, Pierrot et Scapin — Têtes de femmes, croquis. Six pièces par Boucher, Huquier, B. Audran. Belles épreuves, une impr. en bistre.

190 — Têtes de Femmes et d'Enfants. Huit pièces in-4, par le Cte de Caylus et Filleul. Très belles épreuves.

Westall (d'après Richard)

191 — *Reapers*, par R. M. Meadows, 1805. Grand in-fol. Belles épreuve, marges.

192 — *A Girl gathering Mushrooms*, par G. Venzo. In-fol. Très belle épr. impr., en couleurs, grandes marges.

Wheatley (d'après F.)

193 — *Cerises douces, Cerises à la douce Cerise*, par A. Cardon sous la direction de Schiavonetti, 1795. In-fol. Très belle épreuve coloriée.

Imp. A. Charles, 26, rue Rambuteau, Paris

www.ingramcontent.com/pod-product-compliance
Ingram Content Group UK Ltd.
Pitfield, Milton Keynes, MK11 3LW, UK
UKHW020524180726
13839UKWH00005B/2286

9 782329 452500